Muzykanci z Bremy

The Buskers of Bremen

by Henriette Barkow   Illustrated by Nathan Reed

POLISH & ENGLISH

Touch the arrow with TalkingPEN to start

Start

Info

English

Language

First published in 2001 by Mantra Lingua
Global House, 303 Ballards Lane, London N12 8NP.
www.mantralingua.com

A CIP record for this book is available from the British Library.

Muzykanci z Bremy

The Buskers of Bremen

Adapted by Henriette Barkow
Illustrated by Nathan Reed

Polish translation by Jolanta Starek-Corile

Mantra Lingua

Był sobie osioł, który uwielbiał śpiewać. Śpiewał zawsze w trakcie pracy, mimo iż był bardzo starym osłem. Śpiew osła nie był jednak zbyt melodyjny, co bardzo denerwowało jego właściciela.

Once there was a donkey who loved singing. Even though he was an old, old donkey he always sang while he worked. But the donkey's singing wasn't very sweet and it drove his owner mad.

Pewnego dnia osioł usłyszał, co mówił jego właściciel – „Mam już dosyć tego starego osła, który nie nadaje się do niczego. Przerobię go na mięso!"
Ale osioł nie chciał umierać, więc uciekł. „Mogę zostać muzykantem" – pomyślał biegnąc truchtem do Bremy.

One day he overheard him say, "I've had enough of that useless old donkey. He's for the chop!"
But the donkey didn't want to die, so he ran away.
"I could be a busker," he thought as he trotted along
the road to Bremen.

Osioł nie zaszedł daleko, gdy zobaczył
starego psa leżącego przy drodze.
„Co ci jest?" – zapytał.

The donkey hadn't gone far when he saw an
old dog lying by the side of the road.
"What's wrong?" he asked him.

„Mój gospodarz chce mnie uśpić, bo jestem za stary. Uciekłem więc, ale nie mam dokąd pójść" – zaszczekał pies. „Przyłącz się do mojej grupy muzykantów" – zaproponował osioł. I tak pies dołączył do osła, który szedł w kierunku Bremy.

"The farmer wants to have me put down because I'm too old. So I ran away but I have nowhere to go," barked the dog.
"Come and join my band of buskers," suggested the donkey.
And that was how the dog came to join the donkey on the road to Bremen.

Osioł z psem nie zaszli daleko, gdy napotkali starego kota.

„Co ci jest?" – zapytali.

„Sklepikarz chce mnie utopić, bo jestem za stary, by łapać myszy.
Uciekłem więc, ale nie mam dokąd pójść" – zamiauczał kot.

„Dołącz do naszej grupy muzykantów" – zaproponował osioł.

I tak kot dołączył do psa i osła, którzy szli w kierunku Bremy.

The donkey and the dog hadn't gone far when they met an old cat.

"What's wrong?" they asked him.

"The shopkeeper wants to drown me because I'm too old to catch mice. So I ran away but I have nowhere to go," meowed the cat.

"Come and join our band of buskers," suggested the donkey.

And that was how the cat came to join the dog and the donkey on the road to Bremen.

We troje nie zaszli daleko, gdy spotkali koguta.
„Co ci jest?" – zapytali.
„Żona gospodarza chce zrobić ze mnie rosół.
Uciekłem więc, ale nie mam dokąd pójść"
– zapiał kogut.

The three animals hadn't gone far when they
met a cockerel.
"What's wrong?" they asked him.
"The farmer's wife wants to make me into
soup. So I ran away but I have nowhere to
go," crowed the cockerel.

„Dołącz do naszej grupy muzykantów"
– zaproponował osioł.
I tak kogut dołączył do kota, psa i osła,
którzy szli w kierunku Bremy.

"Come and join our band of buskers,"
suggested the donkey.
And that was how the cockerel came to join
the cat, the dog and the donkey on the road
to Bremen.

Gdy nastała noc cztery
zmęczone zwierzątka
postanowiły ułożyć się do snu
na skraju lasu.

When night fell the four tired animals
decided to sleep at the edge of a wood.

Kogut usiadł na drzewie
i zapiał, że ujrzał dom
w oddali. „Przyjrzyjmy
mu się z bliska" –
powiedział. „Lepsze to
niż spanie pod gołym
niebem".

The cockerel flew into a tree and crowed that he
could see a house in the distance. "Let's go and
take a look," he said. "It'll be better than sleeping
in the open."

When they reached the house the cat had an idea.
"We could sing for our supper," he suggested.

The dog counted to three and they all started to sing. It was horrible!

Kiedy dotarli do domu, kot wpadł na pomysł.
„A może coś zaśpiewamy w zamian za kolację"
– zaproponował.

Pies policzył do trzech i wszyscy zaczęli śpiewać.
Cóż to było za wycie!

W pewnym momencie stare i strudzone nogi osła ugięły się pod nim. Pies, kot i kogut stracili równowagę i z wielkim hukiem wpadli przez okno.

Suddenly the donkey's tired old legs started to wobble. The dog, the cat and the cockerel all lost their balance and with a mighty crash they fell through the window.

Hałas w domu wystraszył trzech złodziei. Pomyśleli,
że zaatakował ich olbrzymi potwór i zaczęli uciekać
co sił w nogach.

Inside the house three robbers were terrified by the noise.
They thought that they were being attacked by an
enormous monster and fled for their lives.

Kiedy zwierzęta pozbierały się z podłogi i zobaczyły,
gdzie się znajdują, nie mogły uwierzyć własnym oczom.
Mieli przed sobą tyle jedzenia i picia, że starczyłoby im
do końca życia. Jedli tak długo, aż najedli się do syta.
Teraz brakowało im tylko wygodnego łóżka na noc...

When the four animals had picked themselves up and saw
where they were, they couldn't believe their eyes. There, in
front of them, was enough food and drink to last a lifetime.
They ate until they could eat no more.
Now all they needed was a comfortable bed for the night...

...które niebawem znaleźli i szybko zasnęli po ciężkim dniu.

...which they soon found, and quickly fell asleep after their exhausting day.

Kiedy pogasły wszystkie światła, najzuchwalszy złodziej
wemknął się z powrotem, by zobaczyć, kto znajdował się
w domu. Skradał się na paluszkach najciszej jak potrafił,
ale nie robił tego najlepiej.

After all the lights had gone out, the bravest robber
sneaked back to see who was in his house. He tiptoed as
quietly as he could but he wasn't quiet enough.

Zwierzęta usłyszały, jak wchodził do domu.

All the animals heard him enter the house.

Pies skoczył i go ugryzł.

The dog leapt up and bit him.

Kot go podrapał.

The cat scratched him.

Kogut zapiał:
„Kukuryku! Kukuryku!",

The cockerel crowed:
"Cock-a-doodle do! Cock-a-doodle do!"

a osioł kopnął go z całej siły,
aż wyleciał w powietrze...

while the donkey gave him a mighty kick
and he went flying through the air...

...i wylądował z hukiem!

„Co ci się stało?" – zapytali złodzieje.
I wyobraźcie sobie, co odpowiedział.

...and landed with a Thud!

"Whatever happened to you?"
the robbers asked.
And just imagine what he said.

„Była tam złośliwa czarownica,
która mnie podrapała.
Wielkolud ugodził mnie nożem, policjant uderzył pałką,
a sędzia krzyczał – Twoje miejsce jest w więzieniu!
Twoje miejsce jest w więzieniu!"

"There was a vicious witch who scratched me. A huge man stabbed me with a knife, and a policeman hit me with a club. Then a judge shouted: 'Jail's the place for you! Jail's the place for you!'"

Po całym tym zajściu złodzieje nigdy nie kłopotali zwierząt.
Nasi czterej bohaterowie nigdy nie dotarli do Bremy i nie zostali muzykantami.
Może kiedyś podczas spaceru w spokojną noc usłyszysz ich śpiew.

Well, after that the robbers never troubled the animals again.
Our four heroes never reached Bremen and they never became buskers.
But if you're out walking on a still night you might just hear them singing.

What can four animals do when they are no longer wanted? Run off to Bremen to become musicians. On their way they see a ramshackle house and decide to sing for their supper with the most unexpected result.

The Buskers of Bremen is available in 23 dual language editions: English with Albanian, Arabic, Bengali, Chinese, Czech, Farsi, French, German, Gujarati, Italian, Malay, Panjabi, Polish, Portuguese, Russian, Serbo-Croatian, Somali, Spanish, Swedish, Tamil, Turkish, Urdu or Vietnamese.

POLISH & ENGLISH
ISBN: 978-1-85269-800-3

MANTRA LINGUA
connecting communities